ye

15378

ODE
SVR
LA NAISSANCE
DE
MONSEIGNEVR LE
DAVPHIN.

A PARIS,
Chez GABRIEL QVINET, au Palais dans
la Galerie des Prisonniers, à l'Ange
Gabriel.

M. DC. LXII.
Auec Permission.

ODE

SVR LA NAISSANCE

DE

MONSEIGNEVR

LE DAVPHIN.

O y des Saisons & des Années,
Qui dans vn Palais lumineux
Estincellant de mille feux
Regnes auec les destinées.
Ombre de la diuinité,
Parfait miroir de sa clarté,
De tes plus beaux rayons dore la terre & l'onde:
Soleil regarde les amours
Dont l'ardeur innocente & la flame feconde
D'vn Phœnix immortel embellissent nos iours.

A ij

ODE

Commence la plus belle courſe
Qu'ait jamais ouuert l'Orient,
Et que ton œil vif & riant
Penetre les climats de l'Ourſe :
Que les perles que les rubis
Couurent tes ſuperbes habits ;
Que des plus clairs brillans ta teſte ſoit parée :
Sois reueſtu de la ſplendeur
Dont tu ſceus eſblouïr les yeux de Cyterée,
Pour la rendre ſenſible à ta diuine ardeur.

Illumine, eſchauffe mon ame ;
Et pour conduire mon deſſein,
Fais couler au fond de mon ſein
Vne eſtincelle de ta flame ;
Inſpire moy de ces chanſons
Dont tes Illuſtres nourriſſons
Celebrent dignement leurs ſujets d'allegreſſe :
Tu ſçais que les ſçauantes Sœurs
M'ont fait boire à lõgs traits des ondes de Permeſſe,
Et chanter de la Paix les aymables douceurs.

Therese l'honneur de noftre âge
Reyne qui regnez fur nos cœurs !
Qui pour diffiper nos mal-heurs,
Auez abandonné le Tage.
Tous nos fouhaits font accomplis ;
Vous faites refleurir nos Lis,
Voftre amour a chaffé le Demon de la guerre :
Par vous la paix regne à fon tour,
Et par vn heur plus grand & plus cher à la terre,
Vous donnez aux François le fruit de voftre amour.

Reyne ! vos grandes deftinées
Ont vn bon heur perpetuel ;
Les Dieux d'vn foin continuel
Rendent vos vertus fortunées.
Vous venez de produire vn Fils
Qui fe fera craindre à Memphis,
Plus que le puiffant Dieu qui preside à la Thrace :
Il fera parmy les guerriers
Briller vn cœur fi haut, vne fi noble audace
Que nul Heros iamais n'égala fes Lauriers.

A iij

ODE.

Pour rendre heureuſe ſa naiſſance
Toutes les grandes Deïtez
Comblent de liberalitez
Les premiers iours de ſon enfance.
Elles prodiguent leurs treſors
Pour orner ſon ame & ſon corps
De traits eſtincellans & de clartez ſuprémes :
Et par vn chef d'œuure nouueau,
Palmes, Mirthes & Lis, Sceptres & Diadêmes
De ce Heros naiſſant compoſent le berceau.

Iupiter dans ſes traits aymables
Meſle quelque ſeuerité ;
Et cette douce Majeſté
Qui nous rend les Roys adorables.
En ces mains il veut faire voir
L'Image du diuin pouuöir ;
Il le veut eſleuer ſur les autres Monarques :
Il veut que l'eſclat de ſes yeux
Le faſſe reconnoiſtre à tant d'illuſtres marques,
Qu'on le prenne icy bas pour le maiſtre des Dieux.

Il imprime dans ſa belle ame
Toutes les belles paſſions,
L'amour des grandes actions
L'embraze de ſa viue flame.
Ses ſoins, ſes penſers, ſes deſirs,
Ses exercices, ſes plaiſirs
Seront de maintenir le bien de ſes Prouinces :
Reſpandre par tout ſes bienfaits,
Vnir d'vn juſte accord les peuples & les Princes ;
Et dans tout l'vniuers faire adorer la Paix.

Tous les treſors de la Lydie
Dés long-temps luy ſont deſtinez ;
Prés de luy les Roys fortunez
Seront des Roys de Comedie.
Le moindre preſent de ſes mains
Enrichira des Souuerains ;
Sa plus ſimple action paroiſtra magnifique :
Et l'on auroit pluſtoſt conté
Les feux du Firmament & les ſables d'Afrique,
Que les biens que le Ciel commet à ſa bonté

A iiij

La belle Reyne d'Amathonte
De ses graces l'a sceu parer ;
Son visage fait admirer
Vn esclat que rien ne surmonte :
Son tein poli blanc & vermeil
Estale vn charme nompareil ;
La rose & le jasmin y briguent l'auantage :
Ses yeux, ces illustres vainqueurs,
Dés le premier regard attirent nostre hommage,
Par vn aymable droit qu'ils prennent sur les cœurs.

Le Dieu des graces & des charmes
Si reueré par les mortels,
Voit ses plus renommez Autels
Destruits par l'effort de ses armes.
De honte il oste son bandeau,
Il esteint desia son flambeau,
Et brise son carquois, & ses fléches fatales :
Il ne peut plus blesser les cœurs,
Et voyant du D AVPH I N les beautez sans égales
Se met luy mesme au rang de ses adorateurs.

Il affeurera fa memoire
Par mille Triomphes diuers ;
Sa main prendra tout l'vniuers
Pour le vafte champ de fa gloire.
L'inuincible Dieu des Guerriers
Luy choifit de dignes lauriers
Qui iamais n'ont paré la tefte d'Alexandre :
L'auantage de mon Heros　　　　　[dre,
C'eft qu'au prix du beau fang qu'on lui verra repan-
Il va de tout le monde achepter le repos.

Le Diuin Pere des Sciences
Deftine à ce ieune Heros
La prudence du grand Minos
Et fes hautes intelligences.
Il veut qu'il connoiffe le cours
Ds clairs arbitres de nos iours;
Leurs celeftes vertus, leur route oblique & ronde :
Que fon efprit monftre à fes yeux
Les changemens diuers qui naiffent dans le monde e
Et tout ce qui ce fait dans la voufte des Cieux.

Des groſſes maſſes ſuſpenduës
Qui vont inceſſamment dans l'air,
Qui font en ſe creuant l'eſclair
Et compoſent le corps des nuës,
Des cometes au longs cheueux
Qui dardent de ſiniſtres feux,
Il ſçaura le pouuoir, la cauſe, & la naiſſance :
Et quoy qu'on veuille raiſonner
Des globes vagabonds & de leur influence
Sa ſublime vertu les ſçaura dominer.

Il examinera l'hiſtoire
Et les fameuſes actions
Des Roys des autres Nations,
Afin d'en ſurpaſſer la gloire.
Il connoiſtra leurs intereſts
Leurs entrepriſes, leurs projets :
A l'vniuers entier il ſeruira d'Exemple :
Et ce Heros ſi redouté
Obligeant les mortels à luy dreſſer vn Temple,
Affranchira ſon nom de la mortalité.

Themis cette iufte Deeffe
La Maiftreffe des Potentats,
La protectrice des Eftats,
Luy fait prefent de fa fageffe.
Et fans ceffe deuant fes yeux
Elle remet de fes ayeulx
Le zele modere, l'équité genereufe :
Et tous ces Princes accomplis
Qui par vne conduite & iufte & valeureufe
Cultiuerent fi bien & l'Oliue & le Lys

Ie fens que mon ame rauie
Suit vne celefte fplendeur,
Et qu'vne faincte viueardeur
Me fait viure d'vne autre vie :
Apollon regne en mon efprit
Et i'en fçay plus qu'il n'en apprit
Aux Poëtes facrez, aux renommez augures.
Ie ne trouue en moy rien d'humain
I'ofte de l'auenir les fombres couuertures,
Et lis les Loix du fort dans fes liures d'airain.

Ie vois qu'il va sur les vestiges
De l'Incomparable LOVIS,
Dont les trauaux sont inouïs,
Dont les vertus sont des prodiges ;
Et qu'il contemple incessamment
Sa valeur & son iugement,
Ses combats merueilleux suiuis de la victoire.
Ie le vois couuert de Lauriers
Auancer sur ses pas au Temple de la gloire,
Accompagné du Dieu qu'adorent les Guerriers.

Tel qu'aux premiers battement d'aile
L'aiglon cét oyseau sans pareil
Prend son essor vers le Soleil,
Et fixe sur luy sa prunelle.
Tel que ce genereux oyseau
Regarde l'astre le plus beau,
Voit
sans estre ébloüy sa plus viue lumiere,
Esleue son vol iusqu'aux Cieux,
Et suiuant du Soleil la beauté singuliére,
Espere de monter au clair sejour des Dieux.

Tel le ieune Aiglon de la France
Regarde le Soleil François
Qui possede tout à la fois
Et le courage & la prudence.
Malgré les destins enuieux,
Il tourne sans cesse les yeux
Sur cét Astre entouré de splendeur & de gloire:
S'esleue noblement vers luy,
Veut voler à son tour de victoire en victoire
Et du Trône François estre le ferme appuy.

Entend ma voix, heureuse France?
Les Dieux preuiennent tes souhaits;
Ils ne t'accorderent jamais
Tant de gloire & tant d'abondance:
Que tes peuples sont fortunez!
Tes destins ne seront bornez
Que par vn doux excez d'vne grande allegresse
Ie vois cent miracles diuers
De delices, d'honneur, de vertu, de richesse
Qui te feront regner sur ce vaste Vniuers.

Reynes des bois, belles Driades !
Vous qui reglez le cours des eaux
Auec vos jons & vos pipeaux
Venez chanter des Serenades.
Quittez l'ombre dē vos deferts
Et celebrez par vos concerts
La gloire de Therefe & fon augufte couche :
Efleuez fon nom iufqu'aux Cieux
Le grād Dieu des Frāçois, vous parle par ma bouche
Nymphes ! obeïffez au plus puiffant des Dieux.

Oreades belles Deeffes !
Quittez vos champeftres cofteaux,
Venez habiter nos Chafteaux
Venez ioüir de nos richeffes.
Le Ciel fauorable à nos vœux
Pour rendre nos iours bien heureux,
Nous deuide des ans tiffus d'or & foye,
Les ris, les jeux & les plaifirs
Viennent de toutes parts, pour nous combler de joye
Et pour mettre nos biens au deffus des defirs.

Nos campagnes & nos prairies
Nous charment par mille couleurs
Cybelle les pare de fleurs
Et Flore en fait ses Thuilleries.
Vn essein de petits amours
Y passe les nuits & les iours ;
Philomelle, Alcidon y chantent leur martyre
Ils viuent dans ces lieux contens
Et iamais ils n'ont veu de Faune ou de Satyre
Cueillir vne des fleurs de leurs heureux printemps.

Dans cette belle solitude
Les bois, les ombres, les ruisseaux
Et le ramage des oyseaux
En bannissent l'inquietude.
Ces petits chantres enflammez
D'vne sainte ardeur animez
Font par tout raisonner leurs concerts agreables,
Nos luths respondent à leurs voix,
Du meslange commun de nos accords aymables
L'echo se resioüit dans les antres des bois.

Nos Riuieres & nos Fontaines
Ne coulent plus que du Criſtal,
Tous les roſeaux ſont de Coral,
Et l'or ſe trouue dans nos plaines
Les fruits qu'eſtalent nos valons,
Nos figues, auec nos melons,
ſurpaſſent en bonté la meilleure ambroiſie,
Le Nectar ſort de nos raiſins,
Et leur douce liqueur par les hommes choiſie
Au ſort des immortels eſleue nos deſtins.

L'air & le Ciel, la Terre & l'Onde
Diſpoſez à voir ce beau iour
Pour mieux ſignaler leur amour
Conſpirent d'embellir le monde.
Le plus delicieux des vents
Y fait ſeiourner le Printemps
L'Hyuer s'enfuit au Nort tout confus & tout triſte,
Et le Soleil eſt ſi ſerein
Qu'il nous fait deſcouurir l'Opale & l'Ametiſte,
Et tout ce que la mer enferme dans ſon ſein.

Le merueilleux fiecle où nous fommes
Seroit celuy du fiecle d'or
S'il n'eftoit plus fertil encor
Que ne l'ont veu les premiers hommes
Venez partager auec nous
Nos biens fi charmans & fi doux,
O Nymphes ! accourez, fecondez noftre enuie,
Venez publier tour à tour
L'heureux commencement d'vne fi belle vie
Et d'vn culte fans fin honorer ce beau iour.

N.

BERTHAULT.

www.ingramcontent.com/pod-product-compliance
Lightning Source LLC
Chambersburg PA
CBHW061433170626
46811CB00005B/2256